A mon vieil ami **Gouget**,
« Lokis » incomparable !
Cordial remerciement.

Ch. Esquier.

« Lokis ! »

# Charles ESQUIER

# LOKIS !...

## DRAME EN DEUX ACTES

### D'APRÈS LA NOUVELLE DE

## PROSPER MÉRIMÉE

Représenté pour la première fois à Paris sur le Théâtre des Funambules
(ex-Bodinière) le 25 novembre 1906

Personnages : 4 hommes, 3 femmes

Société dramatique)

GEORGES ONDET, ÉDITEUR
*83, faubourg Saint-Denis, 83*
PARIS

1907

| Personnages | Distribution |
|---|---|
| Le Comte MICHEL SZÉMIOTH . | MM. Gouget. |
| Le Professeur WITTEMBACH, pasteur évangélique . . . . | Hamelin. |
| Le Docteur FRŒBER, médecin du comte . . . . . | Schultz. |
| STAH, intendant du château . . | Renoux. |
| IOULKA IWINSKA. . . . . | Mmes Marcelle Praxine. |
| MADAME DOWGHIELLO . . . | Dorlia. |
| MARYSSIA (personnage muet) . | Renée d'Antigna. |

Répertoire de la Société des Auteurs et Compositeurs dramatiques
8, rue Hippolyte Lebas, Paris

# ACTE PREMIER

---

*De nos jours. — La scène est en Lithuanie près de Vilna,
au château de Médintiltas, chez le comte Michel Szémioth.*

---

*Un salon-bibliothèque, de style gothique. Au fond, une baie
avec balcon et balustrade laissant apercevoir un fond de sapins et deux dômes slaves. Aux murs, des peaux de bêtes,
de loups ; des têtes de cerfs ; trophées de guerre et de chasse ;
des panoplies d'armes damasquinées, quelques peu orien-
tales ; un portrait d'ancêtre en costume polonais ; un fusil de
chasse moderne, accroché au mur. Au premier plan à droite,
une bibliothèque avec livres et manuscrits ; un bureau mas-
sif. Meubles empire. A droite, deuxième plan, une porte
de la chambre à coucher du comte. Au premier plan gauche
un piano, vu de dos et parallèle au décor. Un canapé adossé
au piano. Le piano est surmonté d'un bronze et de vases vides.
Au second plan, angle droit, sur un guéridon, un samovar.
Dans la baie du fond, tourné vers le lointain, un fauteuil.*

## SCÈNE PREMIÈRE

— — —

### LE PASTEUR

*(Au lever du rideau, le Pasteur Wittembach, 50 ans, barbu, cheveux gris assez longs, lunettes, dans un fauteuil adossé à la bibliothèque, est assis à la table de droite et écrit, à la lueur d'un flambeau, en consultant, de temps en temps, de vieux parchemins placés devant lui. Nuit bleue au dehors.)*

LE PASTEUR, *écrivant*

« La racine « ru » est très employée dans la langue jomaïtique, comme d'ailleurs dans toutes les langues mortes transouraliennes dérivées du sanscrit... (*Un temps.*) du sanscrit... C'est ainsi que dans le « catéchismus samogiticus » de Lawiçki et dans quelques anciens poèmes des bardes lithuaniens, on la remarque...

*(On entend à la cantonade comme une plainte sourde. Le Pasteur cesse d'écrire et écoute... La plainte cesse. Le Pasteur, qui croit s'être trompé, se remet à écrire.)* On la remarque dans un grand nombre de mots. Elle exprime l'idée d'eau courante, de ruisseau... » *(La plainte redouble. Cette fois, le Pasteur cesse d'écrire, écoute, se lève avec inquiétude, et appuie sur un timbre. La plainte a cessé.)*

## SCÈNE II

—

### STAH, LE PASTEUR

STAH, *venant de gauche, est en costume national polonais,*
*tunique gris-clair à brandebourgs noirs ; pantalon large*
*et bottes*

Monsieur le Pasteur désire quelque chose ?

#### LE PASTEUR

N'avez-vous pas entendu ?

#### STAH, *calme*

Quoi donc ?

#### LE PASTEUR

Comme une sourde plainte,... On eût dit une bête enfermée.

#### STAH, *avec gêne*

Non, monsieur le Pasteur.

#### LE PASTEUR

Ah ! Je me serai trompé.

#### STAH

Monsieur le Pasteur a chaud et le sang lui aura bour-
donné aux oreilles. Ces nuits de juillet sont si lourdes...

#### LE PASTEUR

Oui !... peut-être !... (*Le Pasteur se rassied et se remet*
*à écrire.*)

STAH

Monsieur le Pasteur veut-il un peu d'air ?

LE PASTEUR

Volontiers.

STAH, *allant ouvrir la fenêtre qui clôt la baie du fond.*

Ce balcon donne sur les arbres du parc qui ceinture le château. Voyez... les branches des sapins viennent même frôler et dominer la fenêtre de ce premier étage. La double fraîcheur du soir et de la verdure fera du bien à monsieur le Pasteur.

LE PASTEUR

En effet.

STAH

Quand monsieur le Pasteur voudra aller se reposer, sa chambre est prête... au rez-de-chaussée ; j'ai ordre d'y conduire monsieur le Pasteur.

LE PASTEUR

Merci. Par ce temps orageux, je ne pourrais fermer l'œil ; je vais profiter du calme du soir pour travailler encore dans cette bibliothèque... si toutefois je n'importune personne ici.

STAH

Personne ! M. le comte repose là, dans sa chambre. (*Il désigne la porte du deuxième plan droite.*) Et pourvu que monsieur le Pasteur ne fasse pas de bruit...

LE PASTEUR

Soyez tranquille. Votre maître est encore souffrant ?

STAK (*Avec un geste vague*)

Sa migraine ! (*Il sort.*)

## SCÈNE III

## LE PASTEUR

LE PASTEUR, *se remet à consulter des livres et des manuscrits dans la bibliothèque*

Voyons ceci... Oh ! Oh ! Des poèmes, manuscrits originaux ! Les linguistes allemands paieraient ces documents là mille marks comme un pfennig !... Quelle trou-
vaille !... Il faut venir jusqu'en Lithuanie pour découvrir
de tels trésors. (*On entend près du balcon un bruit de
branches froissées. Le Pasteur lève la tête.*) Qu'est-ce que
c'est ? (*Le bruit redouble. Le Pasteur prend son flambeau,
va au balcon, regarde au dehors, puis fait un mouvement
de recul et dit impérieusement, mais d'une voix un peu
étranglée, à quelqu'un qu'on ne peut voir de la salle.*) Oh !
Que faites-vous là ? Qui êtes-vous ? Répondez ou j'appelle !... (*Le bruit de branches redouble. On perçoit une
dégringolade dans un arbre et une fuite rapide sur le
sable. Le Pasteur, qui s'est penché sur le balcon, son flam-*

*beau à la main referme la fenêtre vivement, revient en scène,
va ouvrir la porte premier plan gauche, et appelle d'une voix
étouffée.)* Stah !

---

## SCÈNE IV

STAH, LE PASTEUR

STAH

Monsieur le Pasteur ?

LE PASTEUR

Il y a un voleur dans le parc !

STAH

Un voleur ?

LE PASTEUR

Oui ! Armez-vous vite... à plusieurs, et faisons une
battue. Nous le rattraperons sûrement ; il doit être à deux
pas *(Stah ne bouge pas.)* Eh bien !... Vous n'entendez pas ?

STAH, *avec gêne*

Monsieur le Pasteur a dû se tromper.

LE PASTEUR

Je l'ai vu...

STAH

C'est impossible !

LE PASTEUR

Impossible ?

STAH

Certainement. Si quelqu'un d'étranger au château s'était introduit dans le parc, les chiens, qui sont lâchés à partir de huit heures du soir, eussent aboyé à réveiller toute la maison et n'eussent fait de l'intrus qu'une bouchée. ...

LE PASTEUR

Mais puisque je l'ai vu comme je vous vois.

STAH

Monsieur le Pasteur est sans doute fatigué par le voyage...

LE PASTEUR

Ah ! par exemple !

STAH, *désignant la droite*

Voici le docteur.

*Stah sort par la gauche. Le docteur entre de droite 2e plan.)*

---

## SCÈNE V

LE DOCTEUR FRŒBER, LE PASTEUR

LE DOCTEUR, *s'inclinant*

Monsieur le Pasteur, permettez-moi de me présenter moi-même : le docteur Frœber, médecin du château de Médintiltas, ex-médecin militaire au régiment de Pawlowski.

#### LE PASTEUR

Très honoré ! Et moi, Otto Wittembach, pasteur évangélique et professeur de linguistique comparée à l'Université de Kœnigsberg.

(*Ils se serrent la main.*)

#### LE DOCTEUR

Je sais... je sais... C'est un grand honneur pour le comte Szémioth de recevoir aujourd'hui, sous son toit, un des plus illustres savants de l'Allemagne.

#### LE PASTEUR

Je vous en prie...

#### LE DOCTEUR

Le comte m'a chargé de vous tenir compagnie ce soir, Monsieur le Pasteur, et d'excuser son absence, tantôt, lors de votre arrivée à Médintiltas. Son Excellence était à la chasse et, en rentrant tout à l'heure, avant dîner, le comte, las de sa journée, et en proie à une migraine violente, a estimé qu'il vous serait un trop mauvais convive, et a préféré se retirer dans sa chambre, sans dîner. Je l'y ai suivi pour lui prodiguer mes soins. C'est cette seule raison qui vous a fait dîner seul.

#### LE PASTEUR

Je vous en supplie, docteur !.. L'intendant du château qui avait des instructions précises, m'a fort courtoisement reçu et s'est mis à ma disposition. D'ailleurs, je serais confus et désolé que ma présence occasionnât

le moindre dérangement au comte Szémioth dont j'ai
accepté l'invitation si courtoise... presque indiscrète-
ment... puisque je n'ai pas l'honneur de connaître encore mon hôte.

LE DOCTEUR

Ah ! Ah ! Vous ne connaissez pas le maître de Médintiltas ?

(*Il fait signe de s'asseoir au Pasteur. Le Pasteur s'assied.*)

LE PASTEUR

Je ne l'ai jamais vu... Il ne m'a invité que sur la foi de
ma réputation.

LE DOCTEUR

Bah !

LE PASTEUR

Le comte ne vous a pas mis au courant du but de mon
séjour ici ?

LE DOCTEUR

Vaguement. Son Excellence est très renfermée.
Une cigarette ?

(*Le Docteur offre une cigarette au Pasteur, qui l'allume
au flambeau que le Docteur lui tend puis repose sur le
piano.*)

LE PASTEUR

Merci !

LE DOCTEUR

Il s'agit, si je ne m'abuse, de manuscrits anciens à consulter ?

LE PASTEUR

Précisément. La Société biblique allemande, dont je suis membre, voulant évangéliser vos paysans de Lithuanie, m'a chargé de traduire, à leur usage, l'Évangile de Saint Mathieu en langue jomaïtique.

LE DOCTEUR

Vous connaissez cet ancien patois un peu barbare de nos paysans ?

LE PASTEUR

Mal !

LE DOCTEUR

Avez-vous, en Allemagne, quelques documents sur ce dialecte ?

LE PASTEUR

Aucun.

LE DOCTEUR, *désignant le portrait d'ancêtre*

Feu le père du comte actuel, qui était un bibliophile de goût, a réuni jadis, dans cette bibliothèque, d'anciens manuscrits originaux très précieux.

LE PASTEUR

On me l'a dit. Aussi, ai-je écrit au comte Szémioth pour lui demander communication de ces pièces si rares.

LE DOCTEUR

Oh ! Oh ! Son Excellence n'est pas homme à s'en séparer.

LE PASTEUR

C'est ce qu'il m'a répondu en m'offrant, en revanche, de venir les consulter sur place, et en m'invitant à demeurer chez lui aussi longtemps que je le jugerais nécessaire.

LE DOCTEUR

Le comte est trop heureux de contribuer ainsi à l'élaboration de l'œuvre pie d'un ministre de sa religion.

LE PASTEUR

Aussi ai-je accepté une offre si tentante et qui ne pouvait émaner que d'un protestant pieux doublé d'un galant homme et d'un fin lettré.

LE DOCTEUR, *d'un ton de restriction très légère*

Oui !

LE PASTEUR, *étonné*

Le comte n'est-il pas tout cela ?

LE DOCTEUR

En effet... Et comment avez-vous supporté le voyage de Kœnigsberg à Vilna, monsieur le Pasteur ?

LE PASTEUR

Mais... très bien !

LE DOCTEUR

Vous avez ensuite franchi, sans encombre, les qua_

rante verstes qui séparent la grande ville de ce petit castel perdu ?

LE PASTEUR

Oui... Les forêts que j'ai traversées sont pittoresques.

LE DOCTEUR

Oui ! Très sauvages... Vous n'avez pas fait de mauvaises rencontres... hommes ou bêtes ?

LE PASTEUR

Est-ce qu'il y a quelque danger ?

LE DOCTEUR

On trouve encore, çà et là, dans nos bois de Lithuanie, beaucoup de fauves. Le comte en tue quelques-uns.

LE PASTEUR

C'est un grand chasseur ?

LE DOCTEUR

Passionné...

LE PASTEUR

Si je n'ai pas rencontré de bêtes, en revanche j'ai fait tout à l'heure une découverte, singulière... celle-là...

LE DOCTEUR

Où donc ?

LE PASTEUR, *se lève, se rapproche et baisse la voix*

Ici même... Pendant que je travaillais, j'ai entendu un froissement dans les branches qui frôlent cette fenêtre, alors ouverte. J'allai voir, ce flambeau à la main, et j'aperçus, grimpée dans un arbre, une forme humaine qui me regardait fixement... Mais quel regard ! des yeux étranges et d'un éclat insoutenable ; des yeux tels que je les reconnaîtrais, je crois, entre mille. D'un ton rude, j'interpelai l'intrus ; mais, sans répondre, il descendit vivement et, saisissant une grosse branche, il s'y laissa pendre, lourdement, en se balançant... tenez... à la façon des plantigrades ; puis il se laissa tomber à terre et disparut dans la nuit...

LE DOCTEUR, *calme*

Ah ! Ah !

LE PASTEUR

J'appelai-sur-le champ l'intendant, voulant donner l'alarme ; mais le drôle m'assura que j'avais rêvé !..

LE DOCTEUR, *après réflexion et avec hésitation*

C'est possible !

LE PASTEUR

Et pourtant...

## SCÈNE VI

### LES MÊMES, *plus* STAH

STAH, *entrant de gauche*

Docteur, ce sont ces dames de Dogwhiello qui viennent faire visite à Son Excellence.

2

LE DOCTEUR

A cette heure-ci ?

STAH

Elles sont venues en brïchka. (1)

LE DOCTEUR

Elles sont en bas ?

STAH

Oui, Docteur ! dois-je leur dire que Son Excellence est souffrante et ne reçoit pas.

LE DOCTEUR, *souriant*

Oh ! je pense que Son Excellence fera une exception en leur faveur. Faites-les toujours monter ici ; je vais avertir Son Excellence.

STAK

Bien, (*Il sort.*)

LE DOCTEUR

Vous permettez, monsieur le Pasteur. (*Il rentre à droite.*)

(*Le Pasteur resté seul va à la fenêtre, regarde au dehors, puis il revient en scène et remet ses manuscrits dans la bibliothèque. Le Docteur rentre en scène.*)

LE DOCTEUR

Le comte va recevoir ces dames ici et vous prie d'y rester, monsieur le Pasteur.

LE PASTEUR

Quelles sont donc ces heureuses privilégiées ?

(1) Voiture.

LE DOCTEUR

Sa fiancée avec sa tante.

LE PASTEUR

Le comte va se marier ?

LE DOCTEUR

Dans quinze jours. Il épouse une orpheline assez jolie,
très écervelée : M<sup>lle</sup> Ioulka Iwinska. C'est la nièce de la
châtelaine voisine, M<sup>me</sup> Dowghiello, une bonne dame pas
très forte : une cervelle d'oiseau ; (*Avec une nuance de
mépris.*) une Russe, d'ailleurs. Elle est difficile à caser
parce que de fortune médiocre. Le comte est beaucoup
plus riche qu'elle et de plus haute lignée. D'ailleurs, elle
en paraît fort éprise.

LE PASTEUR

Elle fait donc un mariage inespéré ?

LE DOCTEUR, *après une légère hésitation*

Selon le monde... évidemment. (*Un temps.*) Les voici !

----

## SCÈNE VII

LE PASTEUR, LE DOCTEUR, IOULKAH, MADAME
DOWGHIELLO, STAH, *entrant de gauche, 2<sup>e</sup> plan*

(*Stah debout au fond gauche.*)

IOULKA, *très gaie*

Bonjour, Docteur.

MADAME DOWGHIELLO, *très en dehors, accent russe très prononcé*

Bonjour, Docteur.

LE DOCTEUR

Mesdames ! (*Présentant.*) Permettez-moi de vous présenter le Pasteur Wittembach, de Kœnigsberg.

LE PASTEUR, *saluant*

Très honoré !

MADAME DOWGHIELLO, *accent russe*

Donc déjà ! Nous avons appris votre arrivée à Médintiltas, monsieur le Pasteur, et c'est beaucoup pour avoir le plaisir de connaître le savant dont le comte nous a tant parlé que nous sommes venues ce soir, ma nièce et moi, surprendre notre voisin à cette heure indue.

LE PASTEUR

Je ne mérite pas une aussi flatteuse curoisité.

IOULKA

D'ailleurs, la nuit était si tiède...

MADAME DOWGHIELLO

Le comte nous a fait apprécier à toutes deux vos articles de la gazette de Kœnigsberg. Comme ils étaient intéressants, n'est-ce pas, Ioulka ?

IOULKA, *rêveuse*

Passionnants !

LE PASTEUR

Comment ! une si jeune tête s'intéresse déjà à des travaux si ardus ?

IOULKA

Certainement, monsieur le Pasteur ! Votre visite dans notre pays de sauvages est un événement sensationnel.. Si je ne vous avais vu ce soir, je n'aurais pas dormi de la nuit...

LE PASTEUR, *riant*

C'est à ce point ?

IOULKA

Oh ! oui, je suis si curieuse ! et puis l'on s'ennuie tant ici ! les distractions sont si rares !..

MADAME DOWGHIELLO

Ioulka ! (*Au Docteur.*) Le comte est souffrant ?

LE DOCTEUR

Un peu ! (*Désignant la droite.*) Le voici.

## SCÈNE VIII

LES MÊMES, *plus* LE COMTE SZÉMIOTH

(*Le comte est athlétique et pâle, avec une barbe rousse carrée. Il est en costume de chasse, complet de velours noir-bleuté, veston ouvert sur une chemise russe rouge ; jambières de cuir fauve, ceinture à cartouches.*)

LE COMTE, *entrant de droite*

Quelle bonne surprise, mesdames ! Que c'est aimable à vous, Ioulka, de venir me tenir compagnie ce soir ! Justement, j'étais dans mes jours moroses et vous allez

dissiper ma mélancolie, comme un rayon de soleil chasse
les nuées.

IOULKA, souriant

Poète !

LE DOCTEUR, désignant le Pasteur qui se trouve 1<sup>er</sup> plan<br>gauche

Excellence !

LE COMTE, allant au Pasteur

Ah ! mon nouvel hôte ! Monsieur le Pasteur Wittembach ?

LE PASTEUR, s'inclinant

Lui-même, Excellence !

LE COMTE, lui tendant la main

Très heureux !

LE PASTEUR

Enchanté! (Le Pasteur, qui s'est incliné, serre la main
du comte puis relève la tête et, regardant le comte en face
avec plus d'attention, laisse échapper une exclamation
de surprise.) Ah !

LE COMTE, bas au Pasteur, vivement

Chut ! Pas un mot. (Haut. D'un ton naturel.) On vous
a présenté mes excuses pour tantôt ?

LE PASTEUR

Parfaitement !

LE COMTE

Je m'étais attardé à la chasse et je regrette de ne

m'être pas trouvé là pour vous recevoir (*Se retournant.*)
Stah, le samovar.

IOULKA, *gaiement*

J'en fais les honneurs !

LE COMTE

Je vous en prie ! Exercez-vous, petite Ioulka, à votre
prochain rôle de douairière de Médintiltas.

IOULKA

Douairière ! Moi ! Ah ! que c'est amusant ! Viens-tu
m'aider, ma tante.

(*Elles remontent en riant. au fond, et s'occupent du samovar avec Stah. Le comte fait au docteur un signe imper-
ceptible, celui-ci comprend et sort. Le comte et le Pasteur,
1er plan gauche, se regardent un instant en silence.*)

LE COMTE, *bas et rapidement au Pasteur, d'un ton un peu
gêné*

Eh bien, oui !.. C'était moi !.. Accablé par la chaleur,
j'étais descendu faire quelques pas dans le parc ; j'ai vu
de la lumière à cette fenêtre, et je ne sais quelle curio-
sité m'a poussé à monter dans cet arbre pour vous apercevoir.

LE PASTEUR

Vous auriez dû vous nommer, Excellence.

LE COMTE

Ma position était si ridicule... j'ai eu honte... j'ai fui...
Excusez-moi.

LE PASTEUR, *avec embarras*

Comment donc ! Je...

LE COMTE

Chut !

IOULKA, *du fond*

Que complotez-vous, tout bas, avec M. le Pasteur ?

LE COMTE

M. Wittembach m'interrogeait sur notre vieux dialecte jomaïtique.

IOULKA, *au Pasteur*

Une tasse de thé, Monsieur Wittembach ?

LE PASTEUR

Volontiers. Ainsi, Excellence vous parlez le jomaïtique ?

(*Le docteur revient en scène.*)

LE COMTE

Aussi bien que mes paysans !

IOULKA

Ce qui n'est pas peu dire. (*Elle sert du thé à sa tante et au comte.*)

LE COMTE

Et, je vous le répète, je serai heureux si vous voulez bien mettre mon faible savoir à contribution pour votre si pieuse entreprise.

LE PASTEUR

Certainement !

LE COMTE

D'ailleurs, je veux que vous considériez cette bibliothèque comme votre cabinet de travail.

LE PASTEUR

Vous me comblez, Excellence.

IOULKA

Eh bien, Excellence, avez-vous fait bonne chasse ?

LE COMTE

Superbe ! j'ai tué un sanglier et trois loups.

IOULKA, *avec une horreur feinte*

Nemrod ! Vous vous vautrez dans le sang !

LE COMTE

Malheureusement, deux de mes chiens ont été éven-
trés par le sanglier.

IOULKA

Attila ! Vous êtes le bourreau des chiens ! les pauvres
bêtes vivent entre l'éventrement imminent et le fouet.

LE COMTE, *étonné*

Le fouet ? Qui vous a dit cela ?

IOULKA

Vos chiens eux-mêmes !

LE COMTE, *souriant*

Mes chiens se sont plaints de moi à vous ?

IOULKA, *de même*

Pas à moi personnellement... Mais leur attitude en votre présence me prouve éloquemment que vous les battez, barbare que vous êtes ! Quand vous les approchez ils courbent l'échine et, à l'avance, ils se mettent à hurler.

LE COMTE, *gêné*

Vous avez remarqué cela ?

IOULKA

Ce n'est pas difficile ! C'est comme vos chevaux... Vous les battez aussi, je le sais. (*Le menaçant du doigt, en souriant.*) Il faudra changer tout cela, ou nous ne ferons pas bon ménage, Excellence !

LE COMTE

Menace oiseuse, Ioulka, car jamais je ne les bats... Je me ferais scrupule de frapper de pauvres bêtes irresponsables de leurs actes.

IOULKA

Alors, pourquoi cette aversion surprenante... pour leur maître ?

LE COMTE

Demandez-le leur, puisque vous êtes si bien ensemble ! (*Rires.*)

LE PASTEUR

Peut-être ne les aimez-vous pas, Excellence ; les animaux flairent cela !

LE COMTE

Au contraire... j'adore les chiens... et plus encore les chevaux... Et vous, Monsieur le Pasteur ?

LE PASTEUR

J'apprécie beaucoup le cheval... mais autrement que vous ne le pensez.

LE COMTE

Comment ?

LE PASTEUR

Savez-vous ce qu'il y a de meilleur dans le cheval, Mesdames ?

MADAME DOWGHIELLO

Non !

LE PASTEUR, *calme*

C'est son sang !

LE COMTE, *brusquement, avec un intérêt soudain et particulier*

Son sang ! le sang du cheval ?

LE PASTEUR

Oui !

LE COMTE

Vous y avez donc goûté ?

LE PASTEUR

Souvent.

LES FEMMES

Oh ! quelle horreur !

LE COMTE

Et dans quelles circonstances ?

LE PASTEUR

J'avais été, il y a quelques années, étudier dans l'Uruguay le dialecte des Indiens. Plusieurs fois, perdu dans les pampas, sans vivres, sans eau, je dûs me risquer, pour ne pas mourir d'inanition, à faire comme mes compagnons, c'est-à-dire à saigner mon cheval et à boire son sang.

LES FEMMES

Ah ! c'est affreux !

LE COMTE, *très intéressé*

A boire son sang, à même la blessure ?

LE PASTEUR

Evidemment !

IOULKA

Mais c'est abominable !

LE COMTE, *même jeu*

Et vous avez trouvé cela bon ?

LE PASTEUR

Excellent... bien que mon acte me répugnât moralement... mais nécessité n'a pas de loi, c'est même à cela que je dois le plaisir de causer, ce soir, avec vous, Mesdames !

IOULKA

Quelle horreur !

MADAME DOWGHIELLO

Vous nous faites frémir !

LE COMTE, *bizarre*

J'avais déjà entendu dire que beaucoup de blancs,
vivant parmi les Indiens, s'habituaient à cette boisson et
même y prenaient goût !

IOULKA

Pouah !

LE PASTEUR

C'est parfaitement exact.

LE COMTE

Et...

IOULKA

Quelle conversation, Excellence ! Vous voulez donc
me donner le cauchemar ?

LE COMTE, *s'efforçant à rire*

Vous avez quelquefois des cauchemars, Ioulka ?

IOULKA, *riant*

Oui... quand je rêve de vous !

LE COMTE, *de même*

Merci !

MADAME DOWGHIELLO

Oh ! Ioulka ! tu es folle tout à fait.

IOULKA, *au comte*

Avouez qu'il faut que je le sois un peu pour vous épou-
ser, Excellence.

LE COMTE

Que de fleurs !

IOULKA, *enjouée*

Mais j'aurai une si belle robe ! je l'ai fait faire à Paris...
Vous verrez, Monsieur le Pasteur... elle aura « un galbe ».

MADAME DOWGHIELLO

« Un galbe » ? qu'est-ce que c'est que ça veut dire, donc
déjà ? Où as-tu appris cela, Ioulka ?

IOULKA

Mais dans les romans français, donc !

LE COMTE

Prenez garde, Ioulka ; nous allons croire que vous ne
vous mariez que pour la robe.

IOULKA, *riant*

Mais c'est une des raisons déterminantes.
(*Rires.*)

MADAME DOWGHIELLO

Voyons, Ioulka ! Voulez-vous vous taire ? Devant
Monsieur le Pasteur !

LE PASTEUR

Laissez donc ! Laissez-donc.
(*Le Pasteur et M^{me} Dowghiello remontent vers le balcon
en causant.*)

MADAME DOWGHIELLO

Excusez la ! c'est une enfant. Mais elle brode comme une fée, parle français et anglais, et joue du piano comme un ange.

LE COMTE, *très ému, s'approchant*

Ioulka, Ioulka, vous êtes, comme dit Miçkiewicz, « folâtre comme une chatte et blanche comme la crème ».

IOULKA

Des fadeurs à présent ! Oh ! ça ne vous va pas !... Ça vous fait ressembler à tous les autres.

LE COMTE

Quels autres ?

IOULKA

Ces petits jeunes gens, tous pareils, que je vois dans les soirées et qui sont insupportables de banalité.

LE COMTE

Ah ! Ah !... Vous n'aimez pas la banalité ?

IOULKA

Je la redoute.

LE COMTE

Alors, moi ?

IOULKA

Vous ! Oh ! vous, vous êtes très original !

LE COMTE

Et ça ne vous effraie pas un peu un mari si fantasque ?

IOULKA

Ça m'attire.

LE COMTE

Un mari qui fait peur aux bêtes.

IOULKA

Raison de plus pour me rassurer.

LE COMTE

J'allais le dire. Cependant je crois devoir vous prévenir que je suis plein de défauts.

IOULKA

Je m'en doute...

LE COMTE

Hérissé d'imperfections.

IOULKA

Je les raboterai.

LE COMTE

Criblé de points d'interrogation .

IOULKA

Tant mieux ! Cela m'intéressera, ça m'amusera, ça me passionnera de déchiffrer l'énigme vivante que vous êtes... de voir ce qui se cache au fond de votre mélancolie... et de la dissiper...

LE COMTE, *souriant*

Vous voulez m'apprivoiser ?

IOULKA

Je m'en flatte, car j'ai contre votre force une arme re-
doutable.

LE COMTE

Laquelle ?

IOULKA, *simplement*

Ma faiblesse !

LE COMTE, *à voix basse et ardente*

Dites : votre grâce, votre beauté... et votre charme
aussi...

IOULKA, *souriant*

Mon charme... souverain ?

LE COMTE,

Souverain et tout-puissant... oui ! plus puissant sur
moi que vous ne le pouvez supposer.

IOULKA

Vous m'aimez... un peu, Michel ?

LE COMTE

Passionnément... (*d'un ton singulier.*) Vous êtes attirante infiniment.

IOULKA, *lui mettant la main sur la bouche avec coquetterie*

Chut ! on peut vous entendre ! Vous me direz ces
choses-là dans quinze jours, quand M. le Pasteur vous
l'aura permis. (*Remontant au fond et s'adressant au Pasteur qui, avant ces dernières répliques, est remonté sur le
balcon avec M^{me} Dowghiello.*) Car, puisque vous serez encore au château, Monsieur le Pasteur, j'espère que vous

3

consentirez à nous faire l'honneur de bénir vous-même notre union ?

### LE PASTEUR

Mais, Mademoiselle...

### LE COMTE

Ioulka n'a fait que devancer mon désir en vous adressant cette prière, Monsieur le Pasteur... Je joins mes instances aux siennes.

### LE PASTEUR

J'accepte avec grand plaisir, monsieur le comte. L'honneur sera pour moi.

### LE COMTE

Merci, Monsieur le Pasteur.

### IOULKA

Vous verrez ce qu'est un mariage lithuanien, avec ses vieilles coutumes.

### MADAME DOWGHELLO

Vous compterez les hécatombes de bœufs que peuvent engloutir en un seul jour les estomacs de nos paysans.

### IOULKA

Et je vous dirai au dessert, pour vous remercier, quelques vers d'un ancien poète jomaïtique, une des plus jolies fleurs de notre poésie nationale.

### LE PASTEUR

Ah ! Ah ! ... Mais ce sera le document le plus précieux que j'aurai glané dans mon séjour à Médintiltas.

LE COMTE .

Comment s'appelle cette poésie ?

IOULKA

« Le verger de Katazyna ».

MADAME DOWGHIELLO

Dis-la donc tout de suite à M. le Pasteur, Ioulka,
puisque tu la sais.

LE COMTE

Mais oui !

IOULKA

Si vous le voulez... Mais ce n'est plus au Pasteur que
ceci s'adresse, c'est au professeur de linguistique comparée.

LE PASTEUR, *s'inclinant*

Le professeur de linguistique comparée est tout oreilles

IOULKA

« Le verger de Katazyna ».

> Mon âme est un jardin royal,
> Le soleil luit aux branches ;
> Son verger est mon cœur loyal
> Et plein de roses blanches ;
>
> Un cavalier passe, dardant
> Sur moi ses deux prunelles...
> Une rose d'un rouge ardent
> A mon cœur étincelle.

Le cavalier la cueille et fuit
Où son cheval l'emporte...
Au verger de mon cœur, depuis,
Tombent des roses mortes !

TOUS

Bravo !

LE COMTE

Délicieux !... pour la peine, Ioulka, il faut que je vous embrasse. (*Il l'embrasse violemment.*)

IOULKA, *poussant un cri d'effroi*

Ah !...

LE COMTE

Qu'avez-vous ?

IOULKA

Oh ! vous m'avez fait mal... Vous m'avez serrée trop fort.

LE COMTE

Une plaisanterie d'amoureux !

IOULKA, *froide*

Je n'aime pas ces plaisanteries-là.

MADAME DOWGHIELLO

Voyons ! Ioulka.

LE COMTE

Je ne le ferai plus... Pardon !
(*L'heure sonne. Un silence. Un froid.*)

MADAME DOMWGHIELLO

Je crois que c'est l'heure de prendre congé, Excellence.

LE COMTE

Si vous le permettez, Mesdames, je vais vous recon-
duire jusqu'à Dowghiello.

LE DOCTEUR

Souffrant comme vous l'êtes, ce ne serait guère pru-
dent, Excellence ; le repos vous est nécessaire.

LE COMTE

Cependant...

MADAME DOWGHIELLO

La Faculté a prononcé... Vous n'avez qu'à vous incli-
ner !

LE COMTE

Vous m'excuserez, Mesdames !

MADAME DOWGHIELLO

Certainement.

LE COMTE, *au docteur*

Docteur, remettez ces dames en voiture. Au revoir
(*A M*<sup>me</sup> *Dowghiello.*) ma tante !... A bientôt, Ioulka...
Sans rancune, vous ne m'en voulez plus ?

IOULKA, *le regardant*

Plus du tout ! (*Un temps.*) Parce que c'est vous !
(*Elles saluent le Pasteur et sortent accompagnées par
le comte et le docteur. Le Pasteur resté seul un instant*

*prend des manuscrits et fait mine de sortir. Le comte ren-*
*trant l'arrête au seuil de la porte.)*

LE PASTEUR

Permettez-moi...

*(Le comte lui désigne du geste un fauteuil comme pour*
*l'inviter à rester.)*

## SCÈNE IX

### LE COMTE, LE PASTEUR

LE COMTE

Eh bien, Monsieur le Pasteur, que dites-vous de cette
Ioulka ?

LE PASTEUR

Mais elle est charmante !

LE COMTE

Vous n'êtes pas difficile ! moi, je la trouve coquette,
étourdie, et mal élevée par sa tante qui, en sa qualité de
parente unique, la gâte abominablement.

LE PASTEUR

Si vous lui trouvez tant de défauts, pourquoi l'épou-
sez-vous ?...

LE COMTE, *comme interloqué par cette question*

Pourquoi ? Mon Dieu... le sais-je ?... Parce que c'est
une jolie poupée « folâtre comme une chatte et blanche
comme la crême ! »

LE PASTEUR

Ce n est pas un motif suffisant.

LE COMTE, *brusquement*

Avez-vous remarqué sa peau ?

LE PASTEUR, *interloqué*

Sa peau !

LE COMTE

Oui, sa peau !! Elle est d'une blancheur merveilleuse...
transparente ! Elle évoque ces vers... d'un poète persan :
« Quand elle boit du vin rouge, on le voit passer le long
de sa gorge...»

LE PASTEUR

Jolie image !

LE COMTE, *rêveur*

N'est-ce pas ? Quel beau sang doit courir et bouillon-
ner, sous cette peau si attirante. (*Il ferme les yeux avec
ravissement et murmure.*) Ah ! Ah ! (*Comme s'il se parlait
à lui-même.*)N'est-ce pas, Monsieur le Pasteur. (*Il éclate
d'un rire forcé, effrayant.*)

LE PASTEUR, *inquiet*

En effet !

UNE VOIX, *hurlant à la cantonade*

Lokis ! Lokis !

LE COMTE, *comme frappé par ces cris*

Ah !

(*Les hurlements continuent.*)

###### LE PASTEUR

Qu'est-ce que c'est que cela ? Qu'est-ce que c'est ?

###### LE COMTE

Rien ! Rien !

(*A la cantonade, on entend le docteur ordonner.*)

###### LE DOCTEUR

Taisez-vous ! Taisez-vous ! Voulez-vous vous taire, ou je vous ferai raser les cheveux...

(*Cependant le comte pâlit, chancelle, regarde le Pasteur avec des yeux hagards, s'agite nerveusement, va ouvrir la fenêtre d'un coup de poing, et comme un homme épuisé, vient retomber sur une chaise, les poings crispés. Le Pasteur le considère avec une inquiétude croissante. Les cris cessent.*)

###### LE PASTEUR

Vous êtes souffrant, Excellence ?

###### LE COMTE, *d'une voix brisée*

Non ! Non !.. c'est fini ! (*Après un silence.*) Dites-moi, monsieur le Pasteur, vous qui êtes un savant, comment expliquez-vous la dualité de notre être ?

###### LE PASTEUR

La dualité ?

###### LE COMTE

Oui ! Cette dualité qui fait que nous sommes irrésistiblement poussés à commettre certains actes que notre raison réprouve en même temps.

**LE PASTEUR**

Comment ?

**LE COMTE**

Cela ressemble au vertige que nous éprouvons au haut
d'une montagne ; le vertige, c'est-à-dire l'envie violente
en même temps que la crainte de nous jeter dans
l'abîme.

**LE PASTEUR**

Peut-être est-ce l'afflux du sang au cerveau ?

**LE COMTE,** *brusque*

Laissons-là le sang ! Un autre exemple : N'avez-vous
jamais eu la tentation machinale, tenant à la main un
revolver chargé et ayant près de vous votre ami le plus
cher, de lui loger une balle dans la tête ?

**LE PASTEUR**

Mais, non, Excellence... jamais !

**LE COMTE**

En êtes-vous bien sûr, monsieur le Pasteur ?.. Interro-
gez-vous ! Descendez en vous-même !.. Vous l'avez eue...
comme moi... comme nous tous. Ah ! tenez ! je suis sûr
que si l'on réunissait dans un livre toutes les pensées qui
traversent en une heure le cerveau de l'homme le plus
sage, le vôtre par exemple, il n'est pas de médecin qui
n'arrivât, sur ce simple document, à vous faire enfermer
dans une maison de fous.

LE PASTEUR

Nous ne sommes pas plus maîtres de nos pensées que
des accidents extérieurs qui nous les suggèrent... Mais
entre la pensée et l'exécution, il y a un abîme... Jamais je
n'ai eu l'idée de tuer personne... Mais si cette pensée me
venait, ma raison n'est-elle pas là pour l'écarter ?

LE COMTE, *avec violence*

La raison ! La raison ! Vous en parlez bien à votre
aise ! Pour écouter la raison, il faut de la réflexion, du
sang-froid ! A-t-on toujours sous la main l'un et l'autre ?
L'instinct est souvent plus puissant que la raison...

LE PASTEUR

L'homme supérieur doit dominer son instinct.

LE COMTE

L'homme le plus fort n'est qu'une faible créature
devant certaines tentations violentes, irrésistibles, qui
s'imposent... jusqu'à l'hallucination ! Domine-t-on toujours la brute ancestrale ?.. Echappe-t-on aux fatalités
de sa nature ?

---

## SCÈNE X

LE DOCTEUR, *rentrant*, LE PASTEUR, LE COMTE

LE COMTE, *bas*

Eh bien, docteur ?

LE DOCTEUR, *bas au Comte*

La crise est passée, Excellence.

LE COMTE

Bien !.. (*Haut.*) Je suis très las !

LE PASTEUR

Nous allons nous retirer.

LE COMTE

Un instant encore ! J'ai les nerfs malades... Docteur, vous qui êtes un virtuose, jouez-moi donc un de nos airs nationaux, ce que vous voudrez : « Les Adieux à la Patrie », du prince Ojinski.

LE DOCTEUR

Volontiers, Excellence.

LE PASTEUR

Vous aimez la musique ?

LE COMTE

Elle me calme !

LE PASTEUR

Alors, vous me permettrez...

LE COMTE, *l'éloignant du geste*

Oh ! je vous en prie ! je vous en prie !.. (*Il se jette dans le fauteuil du fond, le dos tourné au public.*)

(*Le docteur se met au piano et joue. Le comte écoute. Peu à peu sa tête tombe sur sa poitrine. Il s'endort.*)

LE PASTEUR, *au docteur qui a fini de jouer et se retourne*
Chut ! Il dort !

(*Le docteur se lève, regarde le comte endormi et revient au Pasteur.*)

LE PASTEUR, *très troublé, à voix basse au docteur*
Monsieur, il se passe dans cette maison quelque chose d'indéfinissable, de mystérieux... que je vous prie, que je vous adjure d'éclaircir.

LE DOCTEUR, *gêné*
Je ne puis.

LE PASTEUR
Pourquoi ?

LE DOCTEUR
Le comte ne me le pardonnerait pas... Ses ordres sur certains points sont formels, et j'y risquerais ma place.

LE PASTEUR
Savez-vous qu'en vous taisant vous laissez le champ libre aux pires suppositions.

LE DOCTEUR
Au fait... C'est vrai !

LE PASTEUR
D'ailleurs, puisque je dois rester quelque temps ici, je saurai bien la vérité tôt ou tard.

LE DOCTEUR
En effet ! Eh bien, jurez-moi que rien de ce que je vais vous révéler ne sortira d'ici,

LE PASTEUR

Vous avez ma parole de ministre évangélique.

LE DOCTEUR

Bien ! Je suis à vos ordres.

LE PASTEUR

Prenez garde ! Il peut nous entendre. Sortons.

LE DOCTEUR

Inutile. Ces prostrations nerveuses, qui suivent chez lui... certaines crises spéciales, sont toujours très profondes.

(*Ils s'asseoient côte à côte, canapé, 1*er *plan.*)

LE PASTEUR

Dites-moi, qui hurle ainsi là-haut ?

LE DOCTEUR

C'est la mère du comte.

LE PASTEUR

Elle est souffrante ?

LE DOCTEUR

Elle est folle.

LE PASTEUR

Diable !

LE DOCTEUR

Oui ! grande hystérie épileptiforme avec crises intermittentes,

LE PASTEUR

Oh ! Oh ! Et cela date de loin ?

LE DOCTEUR

D'avant la naissance de son fils, c'est-à-dire à peu près
28 ans.

LE PASTEUR

Ah ! Et quelle fut la cause de sa folie ?

LE DOCTEUR

Une peur !

LE PASTEUR

Une peur ?

LE DOCTEUR

Oui ! C'est une aventure tragique et que le comte et
moi nous sommes seuls à connaître aujourd'hui. A cette
époque, on célébrait, dans ce même château, les noces
des parents du comte Szémioth. Peu de temps après le
mariage, on donna une grande chasse à laquelle les
nouveaux mariés prirent part. Or, au cours de cette
chasse, la nouvelle comtesse ayant été entraînée par son
cheval assez loin dans la montagne, disparut soudain
aux yeux des veneurs. On la chercha une demi-heure,
en battant la forêt. Enfin, on l'aperçut, évanouie, entre
les griffes d'un ours.

LE PASTEUR

D'un ours ?

LE DOCTEUR

Oui ! D'un ours ! On tua la bête. On délivra la femme...
vivante encore par miracle ! Elle était très égratignée !
Elle avait une jambe cassée et le délire.

LE PASTEUR

On l'aurait à moins !

LE DOCTEUR

Comme elle ne recouvrait pas la raison, on la mena
à Pétersbourg consulter des sommités médicales.
(*Mouvement du comte.*)

LE PASTEUR, *qui observe le comte*

Chut ! (*Il se lève et regarde.*)

LE DOCTEUR

Non ! Rien à craindre !
(*Ils se rasseoient.*)

LE PASTEUR

Et que dirent les médecins ?

LE DOCTEUR

Comme elle était enceinte, ils déclarèrent que l'air de
la campagne... et surtout la délivrance, détermineraient
probablement une crise favorable. Quelques mois après,
elle mettait au monde un fils, fort bien constitué, que
vous avez sous les yeux.

LE PASTEUR

Et la crise favorable ?

### LE DOCTEUR

Ah ! bien, oui ! Redoublement de rage ! Espérant la calmer, son mari lui montra l'enfant ! Mais elle s'écria en le voyant : « Tuez-le ! Tuez la bête ! Lokis ! Lokis ! »

### LE PASTEUR

Lokis ?

### LE DOCTEUR

Traduisez !

### LE PASTEUR

Ah ! oui ! En lithuanien « Lokis » veut dire « l'ours ».

### LE DOCTEUR

Précisément Peu s'en fallut qu'elle ne lui tordit le cou. Depuis, alternative de folie stupide ou de manie furieuse avec accompagnement de hurlements.

### LE PASTEUR

Et comment vous y prenez-vous pour la calmer ?

### LE DOCTEUR

J'ai remarqué que la coquetterie était le seul sentiment humain subsistant en elle... et qu'elle soignait particulièrement ses cheveux, qu'elle avait fort beaux jadis. Aussi, dans les cas extrêmes, je la menace de les lui couper.

### LE PASTEUR

Et ça réussit ?

### LE DOCTEUR

Quelquefois...

LE PASTEUR

Ses cris paraissent surexciter son fils au plus haut
point.

LE DOCTEUR

Vous vous en êtes aperçu ?

LE PASTEUR

Oui... Pourquoi ne la met-il pas dans une maison de
santé ?

LE DOCTEUR

Par respect filial ! Il n'a pas voulu confier sa mère à
des soins étrangers et a préféré attacher un docteur à sa
personne. Depuis cinq ans je remplis cet office avec trois
servantes qui ne la quittent pas. Elle vit là-haut, cloîtrée
dans ses appartements particuliers.

LE PASTEUR

Le comte lui-même est bizarre.

LE DOCTEUR

Dites : inquiétant... une complexion athlétique et, avec
cela, chaste comme une vestale !

LE PASTEUR

Bah !

LE DOCTEUR

Le mariage le remettra.

LE PASTEUR

Les dames Dowghiello ignorent la folie de la comtesse ?

4

LE DOCTEUR

Non ! Mais elle n'en connaissent pas la cause et n'ont
jamais vu la malade.

LE PASTEUR, *après un temps, songeur, allant considérer
le comte endormi*

Dites-moi, docteur, croyez-vous à l'hérédité morale ?

LE DOCTEUR

Que voulez-vous dire ?

LE PASTEUR

Croyez-vous à l'influence future d'un regard ou d'une
peur de femme enceinte sur l'enfant à naître ?

LE DOCTEUR

Physiquement, cette influence est incontestable.

LE PASTEUR

Mais moralement ?

LE DOCTEUR

Qui sait ?

(*Tout à coup, le comte endormi soupire bruyamment ;
les deux hommes se taisent et le regardent avec attention.*)

LE COMTE, *murmurant ocmme en rêve*

Ioulka !

LE DOCTEUR

Que vous disais-je ? Il rêve d'elle.

LE PASTEUR

Chut !

LE COMTE, *mu muran*

Fraîche comme la crème ! Du sang !... Du sang !...
(*Il pousse une sorte de rugissement sourd et prolongé, et grince des dents.*)

LE DOCTEUR, *effrayé, l'interpellant*

Excellence ! Excellence !

LE COMTE, *se réveille en sursaut, se dresse hagard et dit*

Qu'y a-t-il ? (*Puis il regarde un instant les deux hommes avec égarement; puis, peu à peu, rentrant en possession de lui-même.*) Ah ! pardon ! Je m'étais endormi ! Quelle inconvenance ! Excusez-moi !

LE DOCTEUR

Votre Excellence avait le cauchemar.

LE COMTE

Oui, oui ! La chasse, nos conversations... cette musique. Mais c'est l'heure de regagner nos chambres respectives... Bonsoir, Messieurs !

(*Le comte salue ses deux interlocuteurs qui s'inclinent et, d'un air méfiant et honteux, passe dans sa chambre, 2e plan droite. Le Pasteur et le Docteur terrifiés se regardent en silence.*)

RIDEAU

# ACTE DEUXIÈME

*Quinze jours après. Même décor. Des fleurs éparses sur les meubles, comme après une bataille de fleurs. Au fond, sur un guéridon, des écrins. C'est le soir. Sur le piano, un chandelier à cinq branches allumé. A la cantonade, bruit d'orage avec accompagnement de coups de tonnerre, coupé par le bruit des musiques d'un bal venant d'en bas. En scène, au lever du rideau, le Pasteur, M*me *Dowghiello, Maryssia, costume de servante polonaise.*

## SCÈNE PREMIÈRE

### LE PASTEUR, MADAME DOWGHIELLO, MARYSSIA

*(Coup de tonnerre.)*

*(Au lever du rideau, Maryssia va et vient avec des brassées de fleurs qu'elle sort de la chambre nuptiale (2e plan droite), et dont elle emplit les vases vides placés sur la table et sur le piano, après les indications de M*me *Dowghiello.)*

MADAME DOWGHIELLO

Quel orage !

LE PASTEUR

Toutes les cataractes du ciel semblent déchaînées sur Médintiltas.

MADAME DOWGHIELLO

Ça n'empêche pas les invités de danser. Ils s'en donnent à cœur-joie... en bas ! Le comte et sa femme ont valsé plusieurs fois ensemble... Ah ! pour une belle noce, c'est une belle noce !

LE PASTEUR, *songeur*

En effet !

MADAME DOWGHIELLO

Et les paysans, cet après-midi... En ont-ils jeté des fleurs à Ioulka ! Quelle exubérance joyeuse !

LE PASTEUR

Ils étaient ivres à rouler par terre !

MADAME DOWGHIELLO

C'est leur plus éloquente manifestation d'enthousiasme !

LE PASTEUR

La pluie redouble ! Oh ! ces éclairs !

MADAME DOWGHIELLO

Avez-vous vu les cadeaux ?

LE PASTEUR, *jetant un coup d'œil distrait sur les écrins placés sur le guéridon du fond*

Superbes !
(*Il descend en scène.*)

MADAME DOWGHIELLO

Le collier vaut bien 100.000 roubles.

LE PASTEUR

Le comte a fait royalement les choses.

MADAME DOWGHIELLO

Ses moyens le lui permettent ! Ma petite Ioulka fait là un beau mariage ! N'est-ce pas, Monsieur Wittembach ?

LE PASTEUR, *évasivement*

Oui ! Oui !

MADAME DOWGHIELLO

Bénis par vous, Monsieur le Pasteur, ils ne pourront manquer d'être heureux.

LE PASTEUR

Je souhaite qu'ils le soient.

---

## SCÈNE II

LES MÊMES, *plus le* DOCTEUR FRŒBER

LE DOCTEUR, *passant sa tête à la porte de droite*

Peut-on voir les cadeaux ?

MADAME DOWGHIELLO

Oui. Docteur ! Admirez ! Un collier de cent mille roubles !

LE DOCTEUR, *admirant*

Magnifique ! (*Il se jette dans un fauteuil.*)
Ouf !

MADAME DOWGHIELLO

Vous semblez las, docteur !

LE DOCTEUR

Il y a de quoi ! Depuis ce matin, c'est la première fois que je m'échappe cinq minutes. Je n'ai pas pu prendre part à la fête ! Cette malheureuse ne m'a pas laissé une seconde de répit.

MADAME DOWGHIELLO

Elle est agitée ?

LE DOCTEUR

Extrêmement ! Cet orage, ces musiques, tout cela lui donne sur les nerfs...

MADAME DOGWHIELLO

Où est-elle ?

LE DOCTEUR

Là-haut... gardée à vue par ses trois femmes.

MADAME DOWGHIELLO

Quel malheur que le comte ne se soit pas résigné plus tôt à la faire mettre dans une maison de santé !

LE PASTEUR, *se levant*

Je suis d'accord avec lui pour m'occuper de cela, dès mon retour en Allemagne.

MADAME DOWGHIELLO

Le plus tôt sera le mieux.

LE DOCTEUR

Je croyais qu'on avait prévu le cas. N'est-il pas con-

venu que les nouveaux mariés partiront ce soir même
pour l'Italie ?

MADAME DOWGHIELLO

C'était décidé, en effet. Mais cet orage imprévu les
oblige à retarder leur départ... Il leur faudrait aller
prendre le chemin de fer à Vilna, et quarante verstes en
voiture, la nuit, sous cette pluie battante, dans les che-
mins détrempés et labourés d'ornières, c'est imprati-
cable !

LE DOCETUR

Alors, ils passeront ici leur nuit nuptiale ?

MADAME DOWGHIELLO

Dame ! Il faut bien ! Je viens de faire préparer la
chambre du comte. (*Elle désigne la chambre, 2ᵉ plan à
droite.*)

LE DOCTEUR, *soucieux*

Ah ! Ah ! Et quand partiront-ils ?

MADAME DOWGHIELLO

Demain matin, de bonne heure.
(*L'heure sonne.*)

MADAME DOWGHIELLO

Une heure du matin!... Les mariés vont venir... je vais
au devant d'eux. Un collier de cent mille roubles, donc
déjà !... Il la rendra très heureuse. (*Elle sort par la gauche. 2ᵉ plan.*)

## SCÈNE III

### LE DOCTEUR, LE PASTEUR

LE DOCTEUR

Où sont-ils, les mariés ?

LE PASTEUR

En bas ! Dans le bal ! Ils dansent !

LA VOIX DE LA FOLLE, *venant d'en bas cette fois*

Lokis ! Lokis ! Tuez la bête !

LE DOCTEUR, *bondissant*

Ah ! les gueuses ! Elles l'ont laissée échapper. (*Il sort brusquement.*)

---

## SCÈNE IV

LA VOIX DU DOCTEUR, *à la cantonade*

Taisez-vous ! Voulez-vous vous taire ! Emmenez-la donc !

LA FOLLE

Lokis ! Lokis !

(*Cris d'effroi en bas dans le bal. Arrêtez-la ! Arrêtez-la ! La musique cesse Brouhaha indescriptible.*)

## SCÈNE V

IOULKA, LE COMTE, LE DOCTEUR

(*Stah, Maryssia soutenant Ioulka.*)

LE PASTEUR

Par ici, Madame, par ici !

(*Ioulka entre en scène, très pâle, soutenue par le comte et par M^me Dowghiello. Elle est en toilette de mariée, robe de satin blanc, fleur d'oranger, etc.*)

LE COMTE

Vite, le docteur, le docteur !

(*Le Pasteur avance un fauteuil où Ioulka tombe.*)

MADAME DOWGHIELLO

De l'éther ! De l'éther !

(*Maryssia entre dans la chambre de droite et en ressort avec un flacon d'éther qu'elle donne au comte. Celui-ci le fait respirer à Ioulka. Le docteur rentre.*)

LE COMTE

Voyons, docteur, vite !

LE DOCTEUR

Ça ne sera rien ! un simple étourdissement.

(*Ioulka ouvre les yeux.*)

MADAME DOWGHIELLO

Es-tu mieux ?

LE COMTE

Etes-vous mieux, Ioulka ?

IOULKA

Merci ! Mais, j'ai été si saisie !

MADAME DOWGHIELLO

On le serait à moins ! Cette folle en plein bal ! c'est
effrayant !

LE COMTE

Remettez-vous, je vous en prie ! (*Au docteur.*) Vraiment, c'est inconcevable, Docteur ! En un pareil moment, et après les recommandations que je vous ai faites !
C'est impardonnable.

LE DOCTEUR

Mais, Excellence, ce n'est pas ma faute ! Ce sont ces
maudites filles qui sont ivres ! On ne peut se fier à
elles !

LE COMTE

Mais vous n'auriez pas dû quitter votre malade... je
vous en avais donné l'ordre formel !

LE DOCTEUR

Que voulez-vous, Excellence, les forces humaines ont
des limites... Voilà 24 heures que je passe auprès d'elle,
toujours sur le qui-vive ! J'avais besoin, moi aussi, d'une
minute de répit.

LE COMTE

Cela suffit ! Retournez auprès de ma mère et arrangez-
vous pour qu'elle nous laisse tranquilles, je vous en prie !

Faites l'impossible (*Montrant Ioulka.*) pour elle... pour moi. (*Bas.*) Epargnez-moi l'épouvantable énervement que ses cris produisent sur moi... Epargnez-moi... ce soir, particulièrement !

#### LE DOCTEUR

Je ferai mon possible... Vraiment... je suis désolé...

#### LE COMTE

Allez ! Et vous me congédierez ces trois filles, n'est-ce pas ?

#### LE DOCTEUR

Bien, Excellence ! (*Il sort.*)

#### LE COMTE

Dourak ! (1)

(*Maryssia sort.*)

## SCÈNE VI

### LE COMTE, IOULKA, LE PASTEUR, MADAME DOWGHIELLO

#### LE COMTE

Ma pauvre Ioulka, je suis nâvré ! C'est la faute de cet imbécile de Docteur... Mais ça ne se renouvellera pas... je vous le promets... Nous partirons demain matin à la

1 « Imbécile ». en langue polonaise.

première heure et, à notre retour, nous ne le retrouverons plus ici. N'est-ce pas, Monsieur Wittembach ?

LE PASTEUR

C'est entendu... Mais il est tard, permettez-moi de me retirer ! Mesdames !

MADAME DOWGHIELLO

Bonsoir, Monsieur le Pasteur.

LE COMTE, *le suivant*

Dites-moi, Monsieur Wittembach, un mot... (*Il sort avec le Pasteur.*)

## SCÈNE VII

### IOULKA, MADAME DOWGHIELLO

IOULKA, *suppliante*

Ma tante !

MADAME DOWGHIELLO

Mon enfant ?...

IOULKA, *même jeu*

Emmène-moi d'ici !

MADAME DOWGHIELLO

Qu'est-ce que tu dis ?

IOULKA

Je dis que je ne veux pas rester. Ramène-moi à Dowghiello !

### MADAME DOWGHIELLO

T'emmener le soir de ton mariage ? Mais c'est insensé !
Mais pourquoi ?

### IOULKA

Parce que...

### MADAME DOWGHIELLO

A cause de cette folle ?

### IOULKA

Oui.

### MADAME DOWGHIELLO

Mais elle est inoffensive ! Elle se borne à pousser des
cris incohérents.

### IOULKA

Oh ! ma tante ! si tu l'avais vue surgir brusquement
au milieu du bal, avec ses yeux hagards, ses mèches
grises éparses, et s'élancer vers le comte au moment où il
valsait avec moi, en criant : « Lokis ! Lokis ! tuez-le ! »
Ah ! j'en ai encore le frisson !... Pourquoi a-t-elle dit cela?
Pourquoi hurle-t-elle comme une bête fauve ?

### MADAME DOWGHIELLO

C'est la forme de sa folie. Voyons, n'y pense plus !
D'ailleurs, on l'a enfermée là-haut... Elle est sous clef.
Ainsi ! C'est fini, n'est-ce pas ?

### IOULKA, *mal convaincue*

Oui !

### MADAME DOWGHIELLO

Tu ne la verras plus ! Demain matin vous partirez. Ah ! maudit orage ! Mais surmonte cette mauvaise impression. Allons ! Allons !... Rassure-toi ! Ton mari va venir...

### IOULKA

Dis-moi ! Comment l'as-tu trouvé aujourd'hui, le comte ?

### MADAME DOWGHIELLO

Comme toujours ! Charmant, distingué... plein d'attentions !

### IOULKA

Tu n'as rien remarqué d'extraordinaire en lui ?

### MADAME DOWGHIELLO

Mais non !

### IOULKA

Ah !

### MADAME DOWGHIELLO

Que veux-tu dire ? Explique-toi !

### IOULKA

Tu vas me gronder encore !

### MADAME DOWGHIELLO

Mais non, parle...

### IOULKA

Eh bien... je ne saurais dire pourquoi... mais, depuis quelques jours déjà, j'éprouve auprès de lui... une sorte de malaise... d'appréhension inexplicable.

MADAME DOWGHIELLO, *souriant*

Je comprends ! (*Tendre.*) Ma chérie ! Toutes les jeunes filles éprouvent cette appréhension-là en présence de l'homme auquel elles vont pour la première fois faire le don d'elles-mêmes ! C'est la révolte instinctive de la pudeur mêlée à la crainte de l'inconnu...

IOULKA

Peut-être. Mais ce n'est pas cela seulement. Oh ! non ! Voyons, ma tante, tu sais bien que le comte nous a souvent paru fantasque.

MADAME DOWGHIELLO

Ah ! fantasque ?... original tout au plus... Mais tu m'avais dit que c'était cette originalité qui te plaisait en lui.

IOULKA

Avant d'être sa femme, oui... mais aujourd'hui elle m'effraie... (*Elle se lève.*)

MADAME DOWGHIELLO

Tu ne sais ce que tu dis...

IOULKA

Non ! Non! Ecoute... Il faut que tu saches... Ce matin, pendant que le Pasteur nous sermonnait, au temple du château, et que j'étais toute à l'émotion du moment, j'ai levé tout à coup les yeux sur mon mari et j'ai surpris, soudain, dans son regard une expression que je n'y avais jamais aperçue !... Quelque chose comme une lueur indéfinissable bizarre, étrange, effrayante. Il en eut cons-

cience sans doute car immédiatement, en se voyant surpris, il détourna les yeux et pâlit un peu. Ce ne fut que
l'espace d'une seconde... Mais j'avais vu... Eh bien, cette
expression dont je suis hantée depuis ce matin... je l'ai
retrouvée à l'instant dans les yeux... de sa mère ! de la
folle !

MADAME DOWGHIELLO

Allons, allons, tu as rêvé... Tout ceci s'est passé dans
ta tête...

IOULKA, *enfouissant sa tête dans l'épaule de sa tante*

Oh ! ma tante !... ma tante !

MADAME DOWGHIELLO

Allons ! Allons ! petite sotte... Il faut dominer cette
impression que rien ne justifie, surtout devant ton mari...
Qu'il ne s'aperçoive de rien... Ça lui ferait de la peine !
Il doit être lui-même assez malheureux de voir sa mère
ainsi !... Promets-moi de dissimuler...

IOULKA

Je ferai mon possible...

MADAME DOWGHIELLO

Il le faut ! Chut !... Le voilà.

———

## SCÈNE VIII

LE COMTE, MADAME DOWGHIELLO, IOULKA

LE COMTE, *à la cantonade*

C'est entendu avec le Pasteur... La pluie a un peu
cessé... Il est tard...

**MADAME DOWGHIELLO**

Bonsoir, mon neveu !

LE COMTE, *lui baisant la main*

Bonsoir, ma tante !

MADAME DOWGHIELLO, *embrasse Ioulka et dit au comte en se retirant tout bas*

Rassurez-la . La pauvre petite est comme une colombe effarouchée.

LE COMTE

Soyez tranquille.

(*Elle sort.*)

IOULKA, *suppliante*

Ma tante !

(*Mais la porte s'est refermée, et Ioulka se retrouve seule en face du comte.*)

## SCÈNE IX

## LE COMTE, IOULKA

(*La pluie cesse. Silence. Le comte regarde Ioulka qui, frissonnante et immobile n'ose lever les yeux.*)

LE COMTE, *doucement*

Ioulka... (*Elle ne répond pas.*) Ma petite Ioulka.

IOULKA, *craintive*

Excellence !

### LE COMTE

Oh ! trêve aux cérémonies, ma chère ! Où avez-vous vu qu'une nouvelle mariée appelât son mari Excellence ?... Il faut m'appeler par mon petit nom... « Michel », comme moi je vous appelle « Ioulka » tout court.

### IOULKA, *même jeu*

Oui ! oui !

### LE COMTE

Vous semblez tout intimidée... Il ne faut pas... Vous savez bien que je vous aime.

### IOULKA

Oui.

### LE COMTE

Mais, ma parole ,vous tremblez ! Avez-vous froid ?

### IOULKA

Non ! c'est un peu de fièvre... après cette journée si fatigante... et si pleine d'émotions.

### LE COMTE

D'émotions très douces... La fête a été magnifique... jamais mes paysans ne se sont montrés plus enthousiastes ! Ils avaient comblé votre voiture de fleurs... Et ce vieux gentilhomme qui, au dessert, suivant une ancienne coutume lithuanienne, s'est avisé de boire du champagne dans votre petit soulier de satin, et de faire passer le soulier de bouche en bouche. C'était charmant !

Savez-vous que j'étais un peu jaloux... Je crois bien qu'en revanche vous n'auriez pas, vous, bu dans sa botte. (*Il rit d'un rire forcé et gêné.*)

IOULKA, *esquissant un sourire identique*
Ah ! non !

LE COMTE
Vous l'avez remis, votre petit soulier de satin ?

IOULKA
Oui !

LE COMTE
Donnez-le moi, voulez-vous ! je veux le garder en souvenir.. donnez-le moi... avec le joli petit pied qui est dedans. (*Il s'agenouille devant elle et veut lui enlever son soulier. Mais elle se dresse brusquement et s'échappe à l'autre bout de la scène avec un cri d'effroi.*)
Qu'avez-vous ?

IOULKA
Rien ! Rien !

LE COMTE
Remettez-vous, je vous en prie ! Ah ! vous étiez plus hardie, il y a quinze jours, un soir qu'à cette même place vous avez dit des vers au Pasteur. Vous souvenez-vous ?

IOULKA
Ooi ! Vous m'avez même embrassée assez rudement !
LE COMTE, *assombri à ce souvenir, et d'un ton singulier*
C'était le soir où le Pasteur nous a raconté qu'il avait

bu du sang ! (*Il regarde Ioulka d'une façon étrange en disant cette phrase.*)

IOULKA, *avec effroi*

Taisez-vous ! ne me rappelez pas cela !

LE COMTE

C'est un souvenir qui m'a traversé l'esprit tout à coup. C'est stupide, en effet ! Pardonnez-moi !

IOULKA

C'est fait ! (*Il veut lui prendre la main ; elle s'éloigne avec effroi.*) Non !

LE COMTE

Encore ! Ah ! ça, qu'avez-vous ?

IOULKA

Rien ! Rien !

LE COMTE

Je ne vous ai donné aucun sujet de mécontentement, que je sache ?

IOULKA

Non !

LE COMTE

Alors, pourquoi cette attitude au moins surprenante ?

IOULKA

Je ne sais pas.

LE COMTE

Pourquoi vous éloignez-vous ainsi ? Répondez-moi ! Vous me désespérez. Vraiment, je vais finir par croire que vous m'avez épousé sans amour... à cause de mon titre... de ma fortune...

IOULKA

Oh ! Ne dites pas cela !

LE COMTE

En ce cas, pourquoi vous trouvai-je si autre, si différente de ce que vous avez été jusque là ?

IOULKA

Excusez-moi !.. Toutes les jeunes filles doivent éprouver cela, en un pareil moment...

LE COMTE, *souriant*

Je comprends ! C'est l'appréhension instinctive du mari.

IOULKA

Oui ! oui !

LE COMTE, *assis*

Pourtant vous savez bien qu'ici vous ne courez aucun danger ; que, si vous en couriez, je serais là pour vous protéger pour vous défendre...

IOULKA

Pour me défendre ?

LE COMTE

Mais oui ! petite folle que vous êtes ! C'est l'amour qui vous fait peur... Et pourtant, regardez toutes les filles d'Ève,! Elles ne vivent que pour lui, que par lui... Vous

savez bien que je ne veux que vous rendre heureuse.
Voyons, petite Ioulka, êtes-vous un peu rassurée ?

IOULKA

Un  peu !

LE COMTE

Alors! votre main ? (*Elle lui tend la main, il la prend;
et, la regardant dans les yeux :*) Je vous aime!... Et vous,
m'aimez-vous un peu ?

IOULKA, *craintive*

Oui !

LE COMTE

Autant que je vous aime, moi ?

IOULKA

Oui.

LE COMTE

Alors, dites-le moi, voulez-vous ?

IOULKA

Je v...

LE COMTE

Répétez après moi : je t'aime.

IOULKA

Je t'aime !

(*Il l'attire à 'ui et cherche à l'entraîner vers la chambre.*)

IOULKA, *le repoussant encore*

Oh ! non !

LE COMTE

Comment ! tu ne veux pas entrer dans notre chambre nuptiale... celle qui sera la nôtre désormais ?

IOULKA

Si !... Mais laissez-moi seule quelques instants... Vous viendrez m'y rejoindre.

LE COMTE

Bientôt ?

IOULKA, *entre dans la chambre de droite*

Tout à l'heure !...

## SCÈNE X

### LE COMTE, *seul*

LE COMTE

Ce docteur ! quelle brute ! Ce sont ces cris qui l'ont impressionnée ! Pauvre petite ! (*Il se promène en silence avec agitation.*) Quelle idée stupide j'ai eue aussi d'aller lui rappeler cet histoire de sang !... Du sang ! (*Il ferme les yeux, puis fait le geste d'écarter une image obsédante ; il se promène avec agitation, va à sa bibliothèque, en tire un livre et lit le titre : Légendes Lithuaniennes.*) Voilà qui fera l'affaire du Pasteur ! (*Il l'ouvre au hasard et lit.*) « La légende veut que dans les forêts lithuaniennes existe l'empire des animaux. Ils ont une police très sévère, et, quand ils trouvent quelque bête vicieuse, ils la jugent et l'exilent au pays des hommes... où elle tombe de fièvre en chaud-

mal ! Peu en réchappent. » (*Il ferme le livre nerveusement.*)
Stupides, ces poètes ! Du sang !... Que fait-elle ? (*L'appe-
lant à la porte.*) Ioulka ! Ioulka !.. Sa peau est merveilleuse... et son cou... si délicat !.. « quand elle boit du
vin rouge on le voit passer le long de sa gorge. «... comme
du sang ! Encore ! Encore la tentation qui reparaît,
horrible... harcelante, hallucinante ! Mais qu'est-ce qui
me l'a donc rivée dans la tête ,comme un clou ! Et dire
que rien, rien ne peut l'en arracher ! C'est surtout quand
ses hurlements éveillent la bête fauve assoupie en
moi et qu'ils lui crient : « Va ! Va ! mais va donc ! »
J'ai encore ressenti cela tout à l'heure : La révolte de
l'instinct en tumulte déchaîné contre la raison !... Mais je
lutterai... je triompherai ! il le faut ! il le faut !... Du sang !
Du sang ! Non !... Allons ! Allons ! es-tu un homme ou une
brute ? (*A ce moment, la folle se met à hurler à la cantonade, sans interruption cette fois.*) Ah ! encore, encore !
(*Il pousse un cri et crispe les poings.*)

## SCÈNE XI

### IOULKA, LE COMTE

IOULKA, *en robe d'intérieur, ouvrant la porte avec effroi*
Excellence !

    LE COMTE, *d'une voix sourde, avec égarement*
Eh bien ?

IOULKA

Vous l'entendez ?

LE COMTE, *même jeu*

Oui.

IOULKA, *dans un cri d'épouvante*

Elle recommence !

LE COMTE

C'est atroce !

IOULKA

Allons-nous en !

LE COMTE

Non, reste... Bouche-toi les oreilles ! Nous ne l'enten-
drons pas ! Viens ici... Viens !

IOULKA

Laissez-moi partir.

LE COMTE, *la retient presque de force et dit sauvagement*

Non ! ne me laisse pas seul ! Reste ! Reste pour me défendre.

IOULKA

Contre qui ?

LE COMTE

Contre la tentation !...

IOULKA

Quelle tentation ?

LE COMTE, *avec égarement*

Oui ! c'est vrai ! tu ne sais pas ! tu ne peux pas savoir...
tu ne sauras jamais ! Mais c'est affreux... affreux !..

L'instinct... la raison !... Oh ! ces cris ! ces cris... quelle
agonie ! La tentation monte, la tentation sanglante !...
Non ! Non ! je ne veux pas... je ne céderai pas !... Défends-moi ! Défends-moi ! Mais défends-moi donc contre elle...

IOULKA, *parlant en même temps que lui*

Qu'est-ce que vous dites ? Laissez-moi m'en aller...
j'ai peur ! j'ai peur !

LE COMTE

De qui ?

IOULKA

De vous ! Pourquoi me regardez-vous avec ces yeux-
là ?... Laissez-moi... Laissez-moi, j'ai peur ! j'ai peur !

LE COMTE

Non ! Non ! Viens ! je suis ton maître, tu es à moi ?

IOULKA

Michel ! Michel ! Laissez-moi !

LE COMTE, *au paroxysme de l'égarement*

Je suis ton mari ! ton maître ! Viens... tu es à moi !..
Du sang ! Du sang !... (*Il la prend dans ses bras et la
mord au cou, dos au public. Elle tombe avec un cri d'a-
gonie, le comte, accroupi sur elle, la mordant toujours au
cou ; il se relève après un temps assez long, pendant
lequel les hurlements de la folle cessent ; il la regarde
avec terreur, après s'être ressaisi. Il est hagard, trébuche
et s'appuie aux murs comme un homme ivre qui cuve*

son ivresse ; puis, paraissant se *réveiller*, *il réfléchit
un instant, regarde ses mains ensanglantées, et recule
avec horreur ;* en homme qui prend une résolution, *il dé-
croche le fusil de chasse et saute par la fenêtre. Pendant
cette pantomime, on distingue au loin les voix du Docteur
et du Pasteur qui s'appellent et se rapprochent. Au
moment où le comte escalade la fenêtre, le Pasteur et le
Docteur entrent en scène par la gauche.*)

---

## SCÈNE XII

### LE PASTEUR, LE DOCTEUR

*Tous deux font irruption dans la pièce qu'ils inspec-
tent du regard.*)

LE DOCTEUR, *voyant Ioulka étendue*

Ioulka !

LE PASTEUR, *regardant*

Ioulka ?...

LE DOCTEUR

Oui, égorgée !... (*Il s'agenouille près d'elle, soulève lé-
gèrement son buste et l'examine.*

LE PASTEUR

Peut-être est-il temps encore ?...

LE DOCTEUR

Trop tard !.. La trachée artère a été tranchée net !

LE PASTEUR, *regardant*

Quelle horrible plaie ! On dirait que la blessure a été faite par les dents d'une scie !

LE DOCTEUR

Non ! Ce n'est pas là la blessure d'un instrument d'acier.

LE PASTEUR

Qu'est-ce donc, alors ?

LE DOCTEUR

C'est une morsure !

(*On entend un coup de fusil à la cantonade, suivi de brouhaha et d'exclamations confuses au milieu desquelles on distingue la voix de Stah.*)

LE PASTEUR, *allant au balcon* (*et se penchant sur la balustrade*)

Stah ! Stah ! Qu'y a-t-il ?

STAH, *du dehors*

Un accident arrivé à son Excellence ! Le comte s'est
tué !

*(Le Docteur et le Pasteur en silence échangent un re-*
*gard significatif. La voix de la folle à la cantonade : « Lo-*
*kis ! Lokis ! « Elle se remet à hurler.)*

RIDEAU

Saint-Amand (Cher).— Imp. Em. Pivoteau et Fils